가난한 날

가난한 날

김성웅

좋은땅

시인의 말

지금의 위치보다 위로 올라가면 그곳에 멋진 행복이 있을 줄 알고 남들에게 뒤처지지 않고 위만 바라보며 오르려고만 했지만 그러한 가운데 남들에 비해 부족한 나를 알게 되었다. 남들보다 부족한 나는 남들에게 뒤처지지 않고 위로 오르려 할수록 힘이 부치고 행복하지 않았다.

남들보다 부족한 나. 남들에게 뒤처지더라도 지금의 위치가 나의 역량이거니 생각하며 지금의 위치에서 스스로 만족하니, 전에는 시시하게 여겼던 주변의 사소한 것에서도 행복이 보였다.

그래서 남들처럼 중요한 일도 없이 시시하게 일상을 보내도 시시한 나는 행복했다.

시시한 나의 서정을 통하여 남들의 공감도 얻을 수 있다면, 그것 또한 행복이라 여겨지고, 아직 행복을 낚는 기술이 서툴지만 차츰 좋아지려니 여기며 희망찬 시도를 한다.

2023년 김성웅

차례

4부

1부

가난한 날

얌전한 눈으로
책방주인과 종업원이 배달부 되어
편지를 다루듯 책을 정돈하면
책방을 지나치다 잠시
나는 편지의 바다에 빠진다
저마다 책들은
표지에 기다림으로 포장되어
보내는 사람의 이름으로
가격이 잔등에 인쇄되어
받아 볼 사람들을 상상하는 듯
책장에 꽂힌 채
제목을 통하여
사연들을 흘리고 있어
허우적대며 나의 눈은 익사할 듯
넘치는 사연들 속에서 헤엄치다가
무심결에 찔러 넣은 나의 손으로
호주머니 속에 쩔렁이는 동전 소리에
괜히 나는 부끄러워

-살이

맛보려는 사는 맛으로
-살이 요리한다
먼저 있던 -살이 흉내 내어
사는 맛, 칼질에 앞서서
생활의 조각들 나열하며

혀가 간사하여서
요리되는 생활의 조각들
조리의 칼질에 따라서
달라지는 -살이

나름의 -살이 있어서
흔하게 알려진 -살이 대하여
별다름 없는 생활의 조각으로
닮은 -살이 칼질하여
식단표만 바꾼 듯한
갑질이나 을질로 되기도 하고

정해진 조리법도 없는

나름의 맛, 조리의 칼질도

혀가 간사하여서

그때그때 사는 맛이

갑질이나 을질이 되도록 하여

한결같지 못한 -살이

사회의 워라밸 추세로

입맛은 점차 달라지어

앞으로 남은 -살이 대하여

맛보려는 사는 맛으로

요리가 어려운 -살이

오이도

오이도 방조제에서는

파도 소리도 없고

맑은 바닷물도 없지만

외로운 사람들에게

언제나 제철 바다로 맞아 준다

밀물과 썰물로

채움과 비움을 새삼 일깨우며

오롯이 그리움만 생각하게

뭍으로 변한 오이도

오이도 해양단지에서는

지난날이 그리운 이름으로

횟집들마다 바다로 그리움 매달아

외로운 사람들의 발길

언제나 제철 그리움으로 맞아 준다

오롯이 그리움으로 그곳에서

술잔이라도 기울이면

바다가 보이는 창가에서

술에 취한 듯

바다에 취한 듯

삶의 엑기스

한 개비 담배 태우는 동안
묻어 둔 지난날
아쉬운 젊은이 모습이
눈앞에 어른거린다

멜로디에 묻어나는 희로애락
하나둘
지난 가요라도 듣노라면
벼르던 젊은이 모습도
눈앞에 어른거린다

소주도 마시며
휘청거리며 걷던 나의 젊은 날들

한 개비 담배
한 소절 멜로디
한 잔의 소주는
마치 삶의 엑기스처럼

묻어 둔 지난날들을

눈앞에 어른거리게 한다

표정

하늘의 표정이 어떠하든
하루의 길이는 변함없는데
하늘의 표정에 따라서
길거나 짧거나 이따금
하루를 느꼈어라

아침나절이 점심나절
저녁나절과 구분이 없는
하늘의 잿빛 무표정은
시간의 관념을 잃게 하여서
흐린 날에는 이따금
맑은 날의 표정도 그리워

어제가 오늘
내일과 구분이 없는
월급쟁이의 생활에서
사직서를 볼모로
악센트도 주고픈 이따금

월급쟁이의 충동처럼

바람

산골짜기 다람쥐
쳇바퀴 있는 울타리에 갇힌 후부터
쳇바퀴를 돌렸다

다람쥐에게는
산골짜기와 산등성이보다
끝없는 길과 같이
쳇바퀴 안에서 뛰고 뛰었으나
언제나 제자리

누구의 꿈인지 그래도
다람쥐가 싫증 나거나 지칠 때까지
쳇바퀴는 돌아가고

돌아가는 쳇바퀴 주위에는
다람쥐의 수고로 바람이 일고
그 바람은 방향을 잃고
내 마음에도 스친다

쳇바퀴 같은 일상 속에서

다람쥐 같은 나

내가 일으키는 바람처럼

오도독

돼지순대가게에서의 돼지귀때기는
돼지냄새 털어 낸 맛으로
내가 처음 씹었던 느낌이
오도독했었지
나의 중학생 시절 기억을 불러온다

낮에 보았던
안산 다문화특구 시장통로에서의
돼지귀때기 떠올라

밤에 잠자리에서 비로소
낮에 시장통로를 지나치며
돼지귀때기 얼마씩 하느냐고
묻지 않았던 아쉬움일는지
이즈유 이빨 빠져
씹기에 서투른 나는
돼지귀때기 씹었던 기억으로만
오도독오도독

밤이 새도록

봄을 기다립니다

함께 상춘객 되고픈 친구들
생각나는 오늘
TV로 종종 보았던
여의도 윤중로 봄날 떠올리며
봄을 기다립니다

한강둔치 쪽으로 개나리꽃
국회의사당 쪽으로 벚꽃
사잇길 윤중로
한가로이 30분 거리라도
꽃비 맞으며 60분 거리로
넉넉하게 거닐고프고
함께 상춘객 되고픈 친구들과
봄이 오면
봄이 오면

아직은 겨울날이어도
나의 상상은 풀어지어

봄날을 손꼽아 봅니다

봄을 기다립니다

구수하다

서울 무악재자락의 독립문
독립문에서 느껴지는 멋
오래되어 정든 멋
구수하다

독립문 앞에서의
동창 우리네
오래되어 정든 사이
구수하다

독립문 앞에서의
우리네의 허기짐으로
된장찌개 의견 통일
오래되어 정든 맛
구수하다

봄바람

봄날에 오이도 방조제 걸으면
몰려다니는 물고기 냄새로
바닷가 봄바람은 내 코를 간질이고
그 비릿함에 술이 당기는 나

방조제 근처 술집에서는
봄볕에 아지랑이 피고
그곳에서 술뿐만 아니라
그리움 갈증으로
어울리고픈 그녀도 그리워

사람에게 잡히면 금방 죽는
오이도 봄날 병어의 급한 성질처럼
방조제 주변 휘적휘적 걸어도
내가 지피던 그리움으로
바닷가 봄바람은 나를 감싸라

웃음꽃

벚꽃이 흐드러진 여의도 봄꽃축제에서는
수도권 꽃들을 모은 듯이
수도권에서 여의도를 지나치는 교통편들이
봄꽃축제장 가까이 사람들을 내려놓으면
사람들은 웃음꽃으로 피어난다

봄꽃축제에 마음이 바빠
신호등이 바뀌어도
앞선 웃음꽃 꼬리 무는 웃음꽃들
여의도 봄꽃축제장에서는 이윽고
웃음꽃들의 웃음소리도 흐드러지고
만발한 웃음꽃들의
흐드러진 웃음소리에 흥겨워
터지지 않는 소리도 내다가
입가 터진 벚꽃들은
터진 입가조각들로 꽃비도 만들고

봄꽃축제장 사진에서

벚꽃과 꽃비는 배경 되어

가운데 자리한 웃음꽃들 빛나라

봄꽃축제장 벗어나서도

웃음꽃들의 웃음소리 이어지다가

봄꽃축제장 가까이에서

집에 가는 교통편을 기다리며

집에 두고 온 일상들을 생각할 즈음

비로소 웃음꽃은 진다

동시의 시절

매미의 아우성은 바람을 타고
아파트 베란다에 쏟아진다
내가 지나쳤던
수많은 여름날과 함께

미양미양 미미미
매미의 아우성은 때론
수우미 수우미 수수
수우수 수우수 수수

동시의 시절이 익는다
추억을 일깨우며
매미의 아우성이 등급으로
수 우 미 양 가

매미의 아우성을
우열의 등급으로 들을 즈음
한쪽 벽에 매달은 여치집에서는

여치가 치치치 치치치

매미를 샘내는 아우성인 듯

동시의 시절이 익는다

깊어 가는 여름날

상상 하나

냉커피 한 잔이면
승용차로 산을 넘으며
계곡물에 발을 담그기 전에는
무더위만 잠시 잊었지만

냉커피 한 잔 생각나던
무더운 어느 날
승용차로 드라이브
서울 경계를 벗어나며
구름도 쉬고 있는 산
산을 넘으며
계곡물에 발을 담갔더니

냉커피 한 잔이면 그 후
산을 넘으며
계곡물에 발을 담그던 기억으로
시원한 상상도

성숙을 품은 비

이즈음 비는 가을비일는지
날이 쌀쌀하여라
아직 나에게는 여름이 남았는데
방에는 선풍기가 있고
팔에는 땀띠자국 있으며
차림새는 반소매에 반바지

그동안 더위의 끝을
가늠이 어려웠지만
그 더위가 물러간 징후일는지
매미소리가 끊어졌고
어디선가 밤새도록
귀뚜라미소리가 들리기도

멀리 태풍이 지날 거라는데
앞서 내리는 이즈음 비는
성숙을 품었는지
주변을 돌아보게 하여라

고향으로 가는 배

추석 때면
가끔 방송으로 듣는 나훈아 노래
고향으로 가는 배
정을 잃은 사람아 고향으로 갑시다
노래구절이 맘에 들어온다

정이란
마음을 주고받는 것
쌓이면 정이라 하는데

고향은
경제 문제에 책임이 하나도 없었던
유년시절 주변이 떠오르는 것은
이해타산 없이
마음을 주고받았던 기억으로
정이 많았던 곳

추석 때면

정을 잃은 사람아 고향으로 갑시다

노래구절이 맘에 들어오는 지금도

유년시절 주변

모두 발전하여 낯설지만

기억만으로도 정겨워

긴 음식, 긴 수명

추석연휴 동창을 만난 나
무엇으로 외식할는지
잠시 망설임도 있었어라
독립문 영천시장에서
입구에 칼국수집이 눈에 띄기에
전통이 긴 명절에
긴 음식으로 정하기까지
명절이라 칼국수집이 쉬는 줄 모르고

시장통로 들어간 우리는
영업하는 중국음식집을 찾아내고
짜장면 곱빼기를 먹었어라
우스갯소리 하면서
면발처럼 수명이 길기를
곱빼기이기를

지나간 추석연휴 기억되어라
그때 우리들 웃음이

길게 이어졌고

곱빼기이었다고

가을수채화

가을하늘은 드높아
차가운 빛으로 멀어지어
나는 전보다 작아진 느낌이어도

가을햇살에 알맞게
은행나무는 노란빛으로
단풍나무는 빨간빛으로
나는 살빛으로
다독여지는 가을거리

가을거리에는
좌판에 가을을 쌓아 놓고
가을무더기마다 가격을 매겨서
과일장수들이 가을을 팔아라

세월이 가는구나

가을 뒷모습에
손에 잡히는 일 없고
무언가 부족한 느낌으로
시절이 아쉬워

아침 그리고 저녁으로
겨울도 섞여서
피부에 닿는 쌀쌀함은
무엇을 하였는가
나에게 묻는 것 같은데

가을 뒷모습으로
나무로부터 떨어진 낙엽 같은
시절은 서러워
괜히 툴툴거리기를
세월이 가는구나

선입견

어린 나의 선입견은
성탄절이거나
누군가 소원 성취 있는 날에
눈이 내렸다
상상 속에서

어릴 적에 본 영화 속에서의
성탄절에 눈이 내려서
산타 할아버지가 썰매 타고
선물 돌리는 장면이 기억나고

동화 속에서는,
소원 성취하는 증표로
눈이 내리는 줄거리가
대부분이었기에

늙은 나의 선입견은

잊힘에 저항하는 기억들로

상상 속에서 여전히

눈을 내리게 한다

성탄절이거나

누군가 소원 성취 있는 날에

눈

눈이 내리면,
하늘에서의 평등일는지
패인 곳에는 두텁게
돋은 곳에는 엷게
땅의 높낮이 감추며
평평히 눈이 쌓인다
땅에서는 평등하지 않게
쌓인 눈높이 달라도

하늘에서의 눈의 분배
하늘에서의 평등도
땅에서는 평등하지 않아도
눈으로 설레는 마음 평등해라

눈이 내리면,
눈으로 평등한 설렘은
저편 쌓인 눈 위로
발자국 남기고 싶게 하고

강아지도 멍멍

세밑

세상사 자신 뜻대로 된다면
근심 있는 사람들은 없겠지

저무는 한 해 돌아보며
뜻대로 되지 않은 일들로
오가는 사람마저 드문 겨울밤
오가는 생각은 많아
잠 못 이룬 채
베란다에서 담배를 피우려니
바람에 씻기어 말간 보름달
힘내! 하는 듯한
응원하는 느낌도 들어라

오가는 사람마저 드문 겨울밤
오가는 생각은 많아
잠 못 이룬 채
서성이는 나

비둘기낭 폭포

천연기념물 제537호

포천의 비둘기낭 폭포

둥지 다른 말로 낭

많은 비둘기가 둥지 틀던 곳이라

다정한 비둘기들이 아직도

삐죽이 보는 느낌 들어

비둘기처럼

다정한 사람들이라면

소리를 듣는 것이 아닌

소리를 보는

폭포소리가 보이는

아늑한 비둘기둥지 자리에서

시쳇말로 멍 때리기

포천의 비둘기낭 폭포에서

비둘기처럼

다정한 사람들이라면

2부

어버이날

초등학교 때 내가 만든 종이꽃
종이꽃 옷에 달고서
웃으셨던 어머니
어버이날에는 기억으로
세월을 거슬러
초등학교 학부모 모습으로

거동이 불편한 할머니이셔도
종이꽃 옷에 달았던 모습처럼
초등학생 학부모 되도록
어머니는 젊어지고

지금 나의 몰골은
머리카락도 턱수염도 희고
틀니를 하였어도
초등학생 눈빛의 나에게
초등학생 학부모 그때처럼
어머니는 젊어져라

경칩

어머니, 오늘 경칩이래요
개구리가 잠 깨는 날이냐
그런데 이다지 춥냐

그렇게 어머니와 내게 봄이 오고
봄에 나물 캐던 한때
어머니는 옛적을 회상하시다가
나물에 밥 비벼서 먹던
잠자는 입맛이 깨어나
조그마한 봄나물
달래도 먹고프다 하시어

덩달아 나는 군복무 시절
지난날 입맛으로
이따금 달래 캐던 선임병 기억나

경칩에 깨어난 어머니 입맛에
마트에서 달래를 못 구해서

길거리에서 언뜻 본 기억으로
이곳저곳 노점상을 찾아서
달래를 어렵게 구해도
심부름이 나는 즐겁고

달래를 다듬고 씻고 썰어서
간장에 양념하시는 어머니
깨어난 입맛에
깨어나는 손맛도 느끼시는 듯
어머니 손놀림은 즐거워라

인절미

물 한 컵과 인절미 두어 토막
식탁에 놓고서 기도하시듯
인절미를 드시던 어머니
조용한 어머니가 생각나면
나는 인절미를 삽니다

침대에 종일 누워 계시는 어머니
창밖을 내다보시며
가끔 방 안에서 서성거리시고
배탈이 잦은 어머니께서
먹는 일이 조심스러우나
어쩌다가 인절미 두어 토막을 드십니다

얼마 전 어머니께서 나무라시기를
떡을 살 때 나는 건성이라며
묵은 떡인지 오늘 나온 떡인지 물어보고
오늘 나온 떡을 사라고

오늘 나온 떡이랍니다

밖에 내어 놓아 떡이 차갑고요, 하는

나의 말에 반색하시며

비닐봉지에 두어 토막씩 나눠 담아서

냉장고에 넣고

하나씩 내어 드시는 어머니

깔끔한 어머니가 생각나면

나는 인절미를 삽니다

봄꽃

벚꽃을 배경으로 하여서
어머니의 기념사진 남기지 못하는
코로나19로 뒤숭숭하게
꽃 피는 시절을 아쉬워했던 나

꽃 필 때는 춥다 하셔도
언제까지 살는지 모른다며
봄바람 잠잠한 날에
함께 기념사진을 남기시려고
집을 나서신 어머니

벚꽃 아닌 다른 봄꽃들
집 근처 노적봉 공원에는
키 작은 꽃나무들 꽃이 한창
키 작은 어머니와 어울리고

비가 내릴 듯이 흐린
봄볕 없는 어느 봄날에

짙은 색 옷차림새의 어머니는

짙은 색 봄꽃들과 어우러지어서

봄꽃 할머니이어라

봄꽃 구경 나들이

벚꽃이 다 졌겠지
네가 벚꽃사진 찍자고 할 때
함께 벚꽃거리에 갔어야 했나
그때 봄바람이 추웠는데 하시며
벚꽃 구경 좋아하시기에
어머니께서는 얼마 전이 아쉽고

늦게나마 벚꽃 구경 대신에
안산에 사셨어도 처음이신
안산의 아홉 경치 가운데 하나
노적봉 폭포공원에 함께 나들이
어머니께서 경치를 만족하셔서

봄꽃 구경은 대개 벚꽃 구경이지만
아직 피지 않은 봄꽃들 남아
코로나19 사태 진정되면
그즈음 함께 나들이
어머니께 약속하고자 하여도

할머니! 어디 가시지 말고,

집에 계세요, 하는 안전당부

안전문자 메시지를 받으시어

코로나19 사태 이즈음

어머니께서 나들이 꺼리시어라

부활절계란

함께 성당에 다녔으면 하는
어머니의 마음도 담긴 부활절계란
부활절이면
나는 맛있게 먹기를

부활절계란에 갖은 그림
축복을 함께하는
어머니의 마음을

하느님이 약속하셨다고
구세주를
구약성서에 쓰여 있기를

하느님의 약속 이루어지어
구세주이신 예수님도 약속하셨다고
영원한 삶
하늘나라의 하느님백성으로
신약성서에 쓰여 있기를

예수님 몸소 부활한 날

부활절이면

축복을 함께하고자

어머니께서 주셨던 부활절계란

어머니의 마음이 생각나

사랑의 송가

20년은 훨씬 지난
30년은 언뜻 기억나지 않는
어머니께서 주신 복음성가 테이프
내가 듣노라니 찾아 듣노라니
옆에 자리하시는 어머니

어머니와 함께 듣노라니
그중에 하나
귀에 익은 성가멜로디 즐거워라
사랑 없이는 소용이 없고
성가가사 반복되어

가톨릭성가집 펼쳐서
내가 부르노니 찾아 부르노니
사랑의 송가
나지막이 쫓아 부르시는 어머니
내게 복음성가 테이프 주실 때에는
성가멜로디 앞서셨던 어머니

귀에 익은 성가가사도 즐겁게

사랑 없이는 소용이 없고

이제는 내가 앞서라

형님은 백만 원 벌었소

무료한 가운데 어머니께서 이따금
오래전의 기쁨을 회상하시는데
아버지께 고모부님의 한마디
"형님은 백만 원 벌었소."

어려서부터 영특했던 누나는
당시 중학교도 입학시험 있었고
학교도 서열화가 되었는데
경기 이화 숙명 이어서 네 번째 진명
진명여중에 입학하여서
아버지께 고모부님의 축하의 말
"형님은 백만 원 벌었소."

고모부의 고모집안에서는
공부가 모자라서 보결로 입학했는데
보결 비용으로 백만 원 들었다고

어린 딸이 어머니께 드렸던 기쁨은

아무리 오래되었어도

어머니께 잊히지 않는 기쁨이어서

지금도 내게 나누어라

어머니의 눈물

누구는 요새 안 보이던데?
죽었대요
우리 노인들은 안 보이면 죽은 거지

이러한 이야기도 무심히
나와 함께 장 보러 가다가
친한 노인들과 마주치면
어머니는 나누셨는데

어머니는 눈가를 훔치셨습니다
친한 형님이 요양병원에 갔다고
다리를 못 쓰시더니
식사를 제때 못 하시다가
딸들에게 이끌려서 갔다고

어머니는 눈가를 훔치셨습니다
발등이 붓고, 평소보다
다리도 불편하시던 날

진료를 받아 보자고 하여도

마다하시며

고추모종

봄 맞아 집안 청소로
돌볼 기력이 없다하시고
집안 구석진 곳에
화분을 치우시는 어머니께
어머니, 내가 쓸게요

거름기 없으니
화분흙은 버려라 하셔도
사둔 비료가 있다며
화분에 다시 흙을 담고
고추모종 심으며

특별한 관심을 주지 않아도
물 주기 거르지 않으면
잘 자라는 고추모종

가끔 어머니의 무료한 눈길에는
고추모종의 건강한 생명력이

어머니께 스며들기를 소망하여

거름해야 되는데

봄 맞아
어머니께 고추 두 포기
꽃집에서 사 드렸더니

여름 맞아
열매가 달린 고추를
고추열매 세 개 보여 주시며
혼잣말하시길

거름해야 되는데

도매시장 근처 꽃집에서
좋은 거름 판다하더라 하시며
꽃 피고 지기를 반복하는 고추를
함께 볼 적마다

꽃이 진 봉오리 열매 맺게
꽃봉오리도 꽃들도 다 떼고

세 개 남겨 두실 때부터

빨간 고추열매가 되기 전까지

물을 줄 적마다

고추 지주대

고추모종 베란다에 놓아서
베란다에 어머니께서 나오면
어머니의 눈을 맞추려는 듯이
고추모종은 고개를 빼어서
하루가 다르게
고추모종 껑충 키가 커 보이고

마치 크기 경쟁하는 듯하여
베란다에 고추모종 궁금해서
어머니께서도 살피시며
고개를 뺀 고추모종
쓰러질세라
지주대 꽂아 줍니다

비

창밖에 비가 내리면
유리창에 그어지는 빗줄기
빗줄기 따라서 곧잘
유년의 기억들이 스멀스멀

처마에 덧댄 양철 차양에
빗줄기 소리가 소란했고

처마 밑에서
빗물 받아 둔 함지에서는
작은 종이배로
물장난을 휘두르고

비가 내리면 지금도
옷 젖는다, 이르시던
떠오르는 어머니의 염려에
빗물에 옷이 젖기를 조심했던
유년의 내 모습도 스멀스멀

난 김을 좋아하잖니!

충청도 보령이 고향인 형수님이
친척들에게 광천김을 선물하기 전에는
충청도 특산품 광천김은 몰라서
김은 전라도 특산품인 줄 알았습니다

대천 가까운 서산
조카의 연고가 있기 전에는
충청도 특산품 보령대천김은 몰라서
광천김만이 충청도 특산품인 줄 알았습니다

어제 조카가 부친 택배를 받아
오늘부터 밥상에 오른
충청도 특산품 보령대천김

평소보다 밥을 더 드시며
식사 중에
어머니의 말 한마디
"난 김을 좋아하잖니!"

오순도순

겨울 동안 동네길거리 생밤장수

여름 동안 안 보이더니

추석 지나서

동네길거리에 생밤장수가

가격 팻말 생밤들 가운데 세우고

장을 폈어라

오천 원어치면 어머니와 함께

오순도순 즐겁도록

생밤 여러 톨 전자레인지에 익히니

덜 벗겨진 속껍질로 먹기에 불편하여

어머니와 함께

생밤 속껍질 벗기노라니

온 가족 모여 제사상

생밤 껍질 벗기던 시절의 이야기로

오순도순 즐거워라

소탈하기

나물을 삶아서
된장에 버무리는 나의 식성에
미나리의 상긋함은 감칠맛으로
한 단만큼 종종
나의 시장기는 기다리어라

슬쩍 삶은 미나리를 찬물에 헹구어
상한 부분을 떼어 내고
물기를 짜낸 미나리를
먹기 알맞게 썰어서
대파, 다진 마늘, 참깨 조금씩
짜지 않을 만큼
숟가락으로 가늠한 된장으로
함께 버무리는 동안

식사를 앞두고
미나리를 무치시던 어머니께서
맛이 어떠냐 하시며

버무린 미나리 조금

내게 맛보게 하셨던

어린 시절의 기억도 금방

맛깔나게 보일 때까지

조물조물 나의 손놀림 중에

맛이 어떻는지 조금 집어서

한 단만큼 기다린 나의 시장기로

미나리를 맛보는 내게

미나리의 상긋함은 감칠맛 나라

3부

오월 안산

서울지하철 독립문역 주변에서
배낭을 멘 사람들이
삼삼오오 만나서
안산으로 접어들면
안산은 사람들을 숲으로 품는데

5월 안산의 숲에서는
새로운 초록이 한창이고
초록에 휩싸인 사람들은
초록으로 마음도 푸르러

가까이 인왕산
떨어지어 남산
멀리 북한산
새로운 초록들을 견주어라

청계산

신분당선 청계산입구 역에서
청계산 매봉까지
청계산 오르기
초행길에도 낯설지 않고

서울시 과천시 성남시까지
청계산 산세 펼쳐 있어도
주택으로 둘러싸인 서울둘레산
마을 뒷동산 느낌이어라

준비 없이 서두르다가
청계산 오르기
산비탈 가파러
생각보다 쉽게 지쳐도
만만한 높이 서울둘레산

삼성산

관악산 떠올라
관악구에 사는 동창에게
한번 관악산 함께 가자던 나
관악산은 높아 힘들고
관악산 옆에 낮은 삼성산 있는데
우리들에게는 삼성산 좋다던
동창의 말이 생각나라

오미크론 잦아들어
시절 좋은 봄날이 다 가기 전에
시간 좋은 동창 여럿이
삼성산 가는 기회 있을까

삼월의 밤은 깊어 가고
나는 삼성산 생각으로
늦도록 잠 못 들어라

불암산 1

왜, 산을 오르느냐
오래전부터 물음 있었다
평지길 다니는 것과
비탈길 오르는 것이
다름을 알 수 있음에도

산을 오른다
평상시와 다른 느낌을 느끼고자
평상시 느끼던 평지길 아닌
비탈길 나는 즐기며

산 정상에서 굽어보는 느낌
아스라이 보이는 평지풍경
그 순간에는 초월함을
평상시 평지에서의
나를 초월한 느낌, 그렇게
나는 초월자도 된다

불암산이여

해발 500미터 정도로

산 정상 올라선 사람들을

초월자도 만드는

부처바위산이여

광대의 길에서 사용한 이름 불암

산 정상에 있는

염치없음을 용서 구하는 시

방송인 최불암의 글도 아울러

여느 산과 다른 느낌이구나

불암산 2

내게 적당히 힘들어서
만만한 불암산 오르기
다시 찾게 되는 불암산

산을 오르다가
힘들어 쉴 때마다 떠올라
소소한 일상의 악다구니
나의 조급함이 부끄러워
정상에 올라서서
아스라이 평지풍경을 보노라면

산을 오르다보면
힘든 만큼 힘 빠지는 아집에
쉼표 찍는 일상의 악다구니
마음에 채워지는 유순함으로

일상이 무료해서
주변에 던져 보는 말로

우리 산에 갈까

난 불암산이 만만하던데

불암산 어때

다시 찾게 되는 불암산

불암사

저녁 식사 후에
어둠이 내리는 즈음이라서
승용차 없었으면
오르지 않았을 불암사

얼마 남지 않은 초파일 맞아서
불암사에 이르는 길에는
연등이 줄지어 매달려 있었기에
환대 받는 느낌이 들기도

과학을 믿는 동창과
불암산 산속의 불암사에 오르는 것은
산책 이외의 의미는 없는데

코로나19로
불암사 경내출입에 제한이 있지만
불암사 경내에 제한이 없는
산개구리 소리가 요란했어라

와글와글, 와글와글

산개구리의 독경 소리이었을까

와글와글, 와글와글

태극기가 펄럭입니다

4호선 당고개역에서 출발
산비탈 굽이마다
나름의 불만 뱉어 내며
수락산 정상에 올라서니
태극기가 펄럭입니다

산 아래에서의 목적
수락산 정상에서 비로소
성취가 만족스러워서
태극기가 반갑기도

한숨 돌린 기념사진 배경으로
수락산 정상까지 맞닥뜨린 바위와
산비탈 굽이마다
위험한 광경을 잊도록
태극기가 펄럭입니다

수락산 정상을 뒤로 하고

산비탈 굽이를 지나

7호선 수락산역에 도착하여

수락산 정상이 생각날 즈음

태극기가 아쉽기도

수락산

산길을 오르고 올라도
별다른 전망 없는
깊은 산 아니어서
싫증 나지 않는 수락산

산길을 오르고 오를수록
수락산 산길에는
굽이마다 전망이 변하여
굽이마다 기분이 새롭고

수락산 정상에 올라서면
한숨만 돌리고 다시
내려가길 재촉하듯
새침하게 좁은 바위자리는
늘어지는 기분을 다잡아

이만큼 아쉬워서
수락산은 막연한 기약으로

거듭 찾는 몫이 있어라

아차산

생활의 생기를 북돋우고자
서울둘레길 아차산 구간에서
굽이치는 능선을 걸을 때에는
미세먼지 몰랐는데
아차산에서 굽어보는 내게
한강과 어우러진 주변 풍경이
윤곽이 희미한 시야로
비로소 미세먼지가 불편했다
탁 트이지 못한 전망

돌아보기도 나의 경제생활지도
앞으로 나아갈 길이 끊겨
경제생활지도를 보면서
중간에 끊어진 길을 잇는
나의 예상 길을 보는 듯이

경제생활지도에서 길에 들어서면
미세먼지 없는 날 다시 찾아

아차산에서 탁 트인 전망으로

한강과 어우러진 풍경도 상상하며

생활의 생기를 북돋는다

사패산

남쪽으로 시선을 두도록
사패산 정상 표지석이 서 있어
정상의 넓은 바위에서 표지석 보면
남쪽으로 뻗은 능선에서
도봉산과 북한산도
한눈에 들어온다

남쪽으로 시선을 두고서
사패산 정상에서 한숨 돌리며
남쪽으로 뻗은 능선에 이어진
서쪽으로도 낮아지는 첩첩능선
눈으로 헤아리다 보면
도봉산과 북한산도 다녀온 느낌에
한숨 더 돌리고 싶구나

도봉산이나 북한산보다 낮아도
멀리 트인 전망으로
한숨 더 머물고픈 사패산은

산세 넓은 산을 닮았어라

추읍산

멀리서 보기에 엎어진 종
바위가 드문 추읍산

산어귀에 흐르는 개천을 건너며
겨울날 지나서 이다음에
어항 놓고 견지질하며
개천에서 놀자고 하는
산행일행의 말에 유혹되어
나무가 울창한 산길 내내
개천만 떠오르더이다

가파른 흙길을 미끄럼 타듯
추읍산을 내려오는 중에도 내내
개천만 떠오르더이다

개천 옆으로 난 길을 걷다가
길가에 툭, 내가 앓던 앞니 하나로
불길한 예감에 휩싸인 나

집에 계신 어머니가 궁금하여서

이다음에 개천에서 놀자던

산행일행의 말은

엎어진 종에 놓아두었더이다

설악산 신선대

내가 신선대에 오른 때에는
바람이 세차게 불어서
행동거지를 서둘러
이곳저곳 둘러보지 못하여
아쉬움이 있어라

훗날 신선대 생각나서
그날 신선대에서의 사진을 보고
쓰러져 자라는 소나무 형상으로
원래 바람이 세찬 곳인가
고개를 갸우뚱
언제일는지 신선대에서의
동창의 사진 속에서는
건너편 울산바위 사이의 계곡에
운무가 자욱하여
신선이 보는 듯한
신선대의 전망도 떠올라

신선대 대하여 스치는 생각

사람들이 신선대에 오를 때

허락하지 않기도

세찬 바람으로 하는구나

운두령 겨울바람

해발 1000미터,

운두령 산길에는

겨울바람 매서워

스으윽 스으윽

울창한 나무 사이 가로지르며

산길에서 내려가길 재촉하듯

나의 귀를 후벼라

운두령 산길입구

플래카드에 쓰인 글귀

고혈압 당뇨 등등

질환 있는 사람은 내려가시오

돌연사 1위 심장마비

스으윽 스으윽

플래카드에 쓰인 글귀로

당뇨 있는 나를

나의 귀를 후벼 대는

운두령 겨울바람

4부

블루스

국방의무 감당할 즈음
푸른 제복 푸른 문화 속에서
화랑담배를
나는 푸르게 담배 이름도 솔
홀로 침상에 앉아서
담배연기를 솔솔

지난날 인연으로
종근당 건물지하 커피집에서의
헤어진 여자의 기억들 종종
푸른 제복 푸른 문화 속에서
담배연기로 솔솔

국방의무 감당한 후에
서울 마포 서대문 중구 갈림목에서
나의 머리 너머
블루스카이 탓이었을 블루스
헤어진 여자의 기억들 이따금
담배연기처럼 솔솔

삼팔선 너머

동두천역에서 신탄리역까지
경원선 열차에 몸을 실으면
추억 속으로 점차 빠져드는 나
삼팔선 넘어서
등반 가능한 최북단 산
고대산에 올라서서

멀리 보이는 저 곳이런가
금학산 아래
신병훈련소 있던 곳은
신병훈련병이었던 나를
어머니께서 면회 오셨던 곳이

찰칵 찰칵 찰칵
연이어 눌러 댄 사진기 셔터에
낱낱이 정지된 장면들 같은 기억들
삼팔선 너머에서

연이은 장면으로 한순간에

추억이 지나라

전기구이 통닭

어머니와 전기구이 통닭을 먹으면
전기구이 통닭으로
세월을 훌쩍 넘어서
군대훈련소에서 면회하는
훈련병과 어머니가 되었어라

어머니께서 가져오신 전기구이 통닭이
맛나서 혼자서 다 먹은 나
훈련이 힘들어서 내가 말랐으려니
눈가 훔치시던 어머니
면회 때 그 상황이 떠올라

전기구이 통닭이 드물어지면서
훈련병과 어머니의
군대훈련소에서 면회하던 상황도
세월의 먼지에 가물가물

그러한 가운데 동네 먹자골목에서

얼마 전에 전기구이 통닭집이 생기니

어머니와 전기구이 통닭으로

세월의 먼지를 털어내며 이따금

군대훈련소에서 면회하는

훈련병과 어머니가 되어라

보고픈 내 친구

세월은 지나도 유행가는 남아서
보고픈 내 친구 제목의 노래는
신병훈련소에서 처음 들은 이후로
듣게 될 적이면 곧잘 나는
지난날 신병훈련병 시절에 잠겨라

훈련소 연병장에서 휴식시간에
휴식시간이었습니다 하며 서술하는
이종환 프로듀서의 목소리를 이어서
가수 남궁옥분의 목소리가
신병훈련소 내무반지붕 너머에서
보고픈 내 친구 그대여~

또래 가수 남궁옥분의 그 노래는
마치 여자친구의 소식인 양
신병훈련소에서 내내
내 머리 속을 맴돌아
보고픈 내 친구 그대여~

노래구절 듣노라면 아직도

나는 신병훈련병 시절이 생각나라

선착순

나이 들어 몸이 둔해지니
예배당의 한정된 수용인원으로
일요일에 예배당 가기 위한 시험절차
신병훈련병 시절의 선착순이 추억되어라

신앙심, 예수님이 아시어
예배당 한정된 수용인원에 포함되게 하시리라
예배당 가는 선착순서 정하기에도
달리기하여도, 임의로 정한 목표물 돌아서
출발지 되돌아오는 선착순서
곧 신앙심으로 가늠되기에
예수님이 함께하시리라
예수님의 이름으로 기도하던
신병훈련병들의 선착순

예배당에서는
다음번 선착순서에서도
예수님이 함께 하시기를 기도하며

예배당에서 백설기 떡도 받아먹던

신병훈련병으로 선착순

진돗개

10.26사태 때에 이등병이었던 나
사주경계 장애물인 수풀 태우기를
화공작전이라고도 하고
식사 때도, 잠잘 때도
용변해결 때조차 작전 중이라며
나는 작전남발 하여도
10.26사태 이전에는
경계작전 진돗개도 몰랐으나

군인은 모두가 작전으로 통하며
군인이 군인다울 때는
작전수행 때이라 하며
10.26사태 일어난 날부터 비로소
경계작전 진돗개를 알았는데

인터넷 공간에 게시된
청와대에서 진돗개 강아지를 안은
박근혜 전 대통령의 사진을 보니

10.26사태 때부터 비로소 알았던

경계작전 진돗개가 생각나라

사이다

무더운 날이면, 가끔
국방의무 감당하던 때
청평유원지에서의
남몰래 짜릿했던 사이다 떠올라

양평의 공수교육대로 위탁교육 들어가
공수교육 마치고
행군으로 부대 복귀 중에
청평유원지 지나칠 때
행락객이 준 사이다
남몰래 짜릿했지

너무 고마웠기에
군대 제대하면 나도 행락객 되어
행군하는 군인들을 보면
지휘관 모르게
재빨리 사이다 주리라 했지만
아직까지 못 해 본 나

무더운 날이면, 가끔

국방의무 감당하던 때

청평유원지에서의

남몰래 짜릿했던 사이다 떠올라

쫄병의 군장

2차 세계대전 전선에서
독일군 쫄병의 군장 속에는
소설가 헤르만 헤세의 데미안
소설책도 있었다는데
새는 알에서 나오려고 바둥거렸다
새로 태어나려면
알의 세계를 깨뜨려야 한다

한반도 휴전선 전선에서
쫄병, 나의 군장 속에는
소설가 김성동의 만다라
소설책도 있었지
화두로는
주둥이 작은 병 속의 새를
병을 깨뜨리지 않고
새를 다치지 않게
병 밖으로 꺼내기에 대하여

세월이 흘러서

세상의 변화만큼 나이 들어

추억 드는 쫄병의 군장

통일전선

내가 국방의무 감당하던 때
비무장지대 철책선에서
밤이면 켜는 경계등 불빛은
정해진 시간에 철책선 군인들의
불놀이 같았던
통일전선 길목

비무장지대 철책선에서
밤이면 켜는 경계등을 통하여
비무장지대 작전구역의 분위기를 느끼며
방탄모 방탄복 개인화기 등
철책선 통문에서 점검도 하며

비무장지대 철책선 안에서
김일성 보천보악단 연주에
들려오던 북한 여가수 노랫소리는
밤하늘의 별빛도 가락지어 보여서
방탄모 벗고서 감상도 하던

통일전선 길목

가난한 날

ⓒ 김성웅, 2023

초판 1쇄 발행 2023년 2월 13일

지은이   김성웅
펴낸이   이기봉
편집   좋은땅 편집팀
펴낸곳   도서출판 좋은땅
주소   서울특별시 마포구 양화로12길 26 지월드빌딩 (서교동 395-7)
전화   02)374-8616~7
팩스   02)374-8614
이메일   gworldbook@naver.com
홈페이지   www.g-world.co.kr

ISBN   979-11-388-1637-3 (03810)